M. JULIEN TRAVERS

GERBES GLANÉES

ÉTUDE LITTÉRAIRE

PAR

Albert CANU

CAEN

TYPOGRAPHIE C. HOMMAIS, RUE FROIDE, 5

1868

M. JULIEN TRAVERS

GERBES GLANÉES

ÉTUDE LITTÉRAIRE

Par Albert CANU.

Caen. — Typ. C. Hommais, rue Froide, 5.

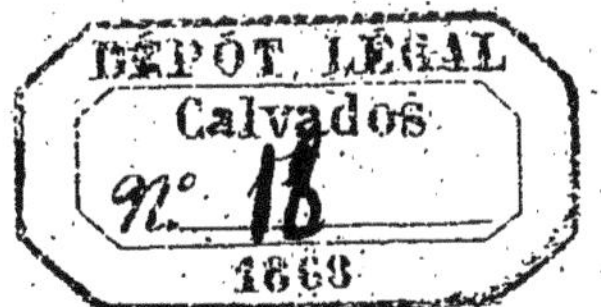

M. JULIEN TRAVERS

GERBES GLANÉES

ÉTUDE LITTÉRAIRE

PAR

Albert CANU

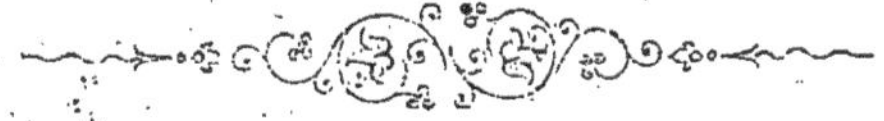

CAEN
TYPOGRAPHIE C. HOMMAIS, RUE FROIDE, 5

1868

GERBES GLANÉES

PAR

M. JULIEN TRAVERS

« *Ægri somnia.* »

HORACE.

« Le dernier des humains est celui qui cheville. »

A. DE MUSSET.

Il y a aujourd'hui neuf ans que M. Julien Travers publie, dans le courant de chaque année, un recueil de poésies sous ce titre : *Gerbes glanées*. M. Travers a jadis occupé à Caen une chaire de littérature française ; il est aujourd'hui conservateur de la Bibliothèque de la même ville; de plus, il a suivi d'un œil curieux les différentes manifestations du génie littéraire dans notre Bocage et nous trouvons dans un dictionnaire biographique deux Notices signées de son nom, l'une sur Chênedollé, l'autre sur notre vieux Basselin dont il a même donné une édition en 1833. A cette époque, M. Travers avait pour son héros toute l'ardeur, tout l'enthousiasme d'un néophyte. Le joyeux compagnon était devenu pour lui l'objet d'un culte et il gardait avec un soin jaloux les abords de l'autel. L'objection la plus timide était un blasphème à ses yeux. Il faut l'entendre crier à la « *malveillance* » et fulminer l'anathème contre Philippe de Larenaudière qui, bien qu'actionnaire de l'édition de 1811, s'était permis d'avouer naïvement ses doutes sur la divinité vénérée au sanctuaire Travers. Ces fureurs n'eurent d'autre résultat que d'amuser la galerie sans entamer d'une ligne la juste renommée du savant collaborateur de Malte-Brun. Que M. Travers ait depuis fait volte-face, qu'il ait traité Olivier Basselin comme une sorte de mythe, de personnage légendaire auquel s'attachait niaisement la superstition locale, qu'il ait cru convaincre M. Henry Martin d'ignorance et le mystifier cruellement par une misérable supercherie archéologique, ce sont là des faits avérés et récents mais qui, ne relevant que de la bonne foi et de la délicatesse de l'écrivain, sont par là même en dehors du cadre exclusivement littéraire de cette analyse. Il me suffit, pour expliquer la raison d'être de cette étude, de montrer que

M. Travers ayant pris une part active à la discussion des éléments poëtiques de notre pays, ses productions doivent en conséquence avoir pour nous un intérêt direct.

Et cependant, j'hésite ; car si le critique n'a droit à quelque estime que du moment où il est résolu à exprimer sa pensée avec fermeté et franchise, il ne peut ignorer pourtant que cette rigoureuse méthode, si hautement vantée par tous en théorie mais si rare dans la pratique, n'aura d'autre résultat, près de la majorité des lecteurs, que d'exciter contre lui un sentiment unanime de blâme et de défiance. Étrange contradiction ! Le seul moyen par lequel il puisse mériter la confiance ne servira qu'à le faire accuser de taquinerie, de dénigrement systématique ou de jalouse présomption. Cela tient tout simplement à un malentendu qui fait que, pour beaucoup de personnes peu familiarisées avec les choses littéraires, le critique n'est autre chose qu'un polémiste, j'ai presque dit un pamphlétaire. Et pourtant, un abîme les sépare : laisser dans l'ombre les côtés forts de l'adversaire, projeter toute lumière sur les côtés faibles, se garder de toute concession, multiplier les coups et les bottes secrètes, cerner la victime et la renverser par une argumentation irrésistible, enfin l'achever par le ridicule, telle est l'essence de la polémique.

Or, une pareille stratégie me semble diamétralement contraire au véritable esprit critique. Ici, la condition première et indispensable, c'est l'absence de tout parti pris, de tout exclusivisme étroit, de toute préoccupation d'écoles, de systèmes, d'individus. Je ne saurais m'illusionner sur les aptitudes et les garanties sérieuses que le lecteur exige fort justement de ceux qui s'arrogent ainsi le droit de se prononcer publiquement sur les productions de l'intelligence; et cependant, le jugement le plus solide, l'imagination la plus heureuse, le goût le mieux cultivé et mûri par la réflexion et l'étude, le discernement raffiné des plus délicates nuances seraient des qualités de peu de valeur sans cette large impartialité d'un esprit sincère qui, uniquement soucieux et réjoui de la recherche des belles choses, se tient pour satisfait du moment où sa conscience lui rend ce témoignage qu'il n'a demandé qu'à la seule vérité la formule de sa pensée. Ainsi compris, ce travail implique un sentiment de naturelle indépendance qui fait sa noblesse. L'esprit studieux qui, par un libre choix, aura consacré ses facultés à cette forme de la pensée, y puisera l'habitude de la bonne foi, de la modestie toujours prête à reconnaître ces erreurs auxquels seuls l'orgueil et l'entêtement prétendent échapper et en même temps, cette juste confiance en soi-même, cette fermeté calme qui sont le partage des hommes forts et convaincus. Pourtant, il connaît les préventions, les jugements étroits de la foule ; il sait qu'elle n'examinera pas si, en attaquant l'écrivain médiocre, il respecte l'homme privé, si en un mot son langage

« Sait de l'homme d'honneur distinguer le poëte ; »

Il n'ignore pas que, dans un débat purement littéraire, elle verra toujours une question de rancune ou d'instinctive malveillance. Il entend à l'avance les murmures, les récriminations des vanités blessées qui regimbent sous l'aiguillon ; mais ces frêlons qui bourdonnent à son oreille ne parviendront pas à troubler son repos et il n'en poursuivra pas moins tranquillement sa voie ; car, pour qu'il reste en paix avec lui-même, c'est assez qu'il n'ait accepté d'autre règle pour ses paroles que la sincérité de ses convictions.

Il est une autre cause de l'accueil peu bienveillant fait en général à la critique, je veux dire l'indifférence de la majorité pour tout exercice désintéressé de la pensée. Elle traite volontiers de chimères tout ce qui s'élève au-dessus de ce niveau d'intérêts étroits et positifs qui composent la pratique de la vie. Exclusivement fascinée par l'ostentation, âpre au gain, avide de jouissances matérielles, se consumant en convoitises mesquines ou grossières, elle se gardera de gaspiller son temps à des études qui, se bornant à satisfaire le goût du beau et la pure curiosité de l'esprit, ne pourraient que la distraire et l'éloigner du but qu'elle poursuit. Aussi, l'art n'a pas obtenu d'elle son droit de bourgeoisie, et à ses yeux, la littérature n'a d'autre importance qu'un délassement frivole et dénué de toute valeur intellectuelle, de tout idéal, de toute moralité. Mais les natures délicates et choisies ne s'arrêtent pas aux jugements de la foule. Elles laissent l'opulence inintelligente s'applaudir de son luxe vulgaire et des misérables agitations de la vanité, car elles trouvent en elles-mêmes des trésors que l'or ne remplace pas : cette noblesse des âmes bien nées, ce goût du beau et du bien qui seul donne à l'existence un sens et un prix.

Cette aristocratie des délicats, partout si restreinte, compte pourtant parmi nous son cénacle d'initiés. Ses suffrages sont les seuls qui puissent tenter un esprit laborieux ; aussi, à défaut des brillantes qualités qui s'imposent et forcent les portes du temple, chercherons-nous du moins dans le travail et la persévérance, un premier titre à son approbation.

Telles sont les idées qui se sont élevées dans mon esprit lorsque j'ai conçu le projet d'étudier librement un livre auquel, je le déclare, ces considérations ne se rattachent nullement. Je sais qu'on a déjà prononcé le mot de hors-d'œuvre; cependant je n'hésite pas à conserver ce préambule, ce hors-d'œuvre si l'on veut, tant pour me mettre à couvert de certaines objections, que pour y exprimer personnellement des vues qui étant, je le crois, celles des personnes habituées à juger des choses avec quelque délicatesse m'ont paru dès-lors avoir leur utilité.

§

Donc M. Travers, peu difficile il faut bien l'avouer, sur le choix des épis, a lié sa gerbe et fait son livre.

Sans remonter plus haut, tenons-nous en au Recueil de 1867 et voyons si, cette année, M. Travers a lieu de s'applaudir de sa récolte. Et d'abord, si après une lecture attentive et patiente du volume on cherche à se rendre compte de ses impressions, on trouve qu'elles se réduisent à un sentiment d'ennui profond, ce qui amène tout naturellement à conclure à la plus insignifiante, la plus soporifique médiocrité. M Travers n'est pas une de ces natures inégales, aventureuses, chez qui les éclairs du génie font oublier de déplorables chutes. Chez lui, rien de saillant, rien d'individuel, rien d'énormément mauvais si l'on veut mais aussi, rien qui vous échauffe, qui vous enlève à vous-même et force l'admiration. Je cherche le poëte, cet être privilégié doué de la faculté créatrice et au lieu de l'artiste qui, à la flamme de l'inspiration, transforme et renouvelle tout ce qu'il touche, je trouve un versificateur se tuant à clouer des rimes à des idées qui ne méritaient même pas les honneurs de la prose. Ce n'est pas que du sein de cette épaisse atmosphère il ne jaillisse parfois quelque lueur poëtique; mais ces lueurs s'évanouissent aussitôt et l'on retombe plus avant dans le domaine exclusif de la b :nalité.

Je sais que de prime-abord on pourra se récrier sur la sévérité de ces assertions ; cependant, que l'on veuille me suivre avec quelque patience, et j'espère prouver facilement qu'elles n'ont rien d'exagéré.

Le livre de M. Travers se divise en deux parties bien distinctes et l'auteur a fait de lui-même en ce volume deux parts bien tranchées.

La première partie, purement poëtique (si l'on entend par ce mot le procédé mécanique de la versification), renferme des épîtres, un sujet didactique sous ce titre : *l'Art d'écouter*, des historiettes, un cri de guerre tout retentissant de cette fougue et de cette impétuosité militaires qui s'oublient, hélas ! avec le dernier discours de rhétorique, des épigrammes, des quatrains, et enfin, pour couronner l'œuvre, des bouts-rimés, ce qui prouve tout simplement que l'auteur sait se faire tout à tous et se mettre à la portée de ces esprits naïfs qui trouvent des charmes au jeu de patience. Dans la seconde partie que nous n'étudierons pas, M. Travers a résumé, sous la forme de pensées et de maximes écrites en prose, l'ensemble de ses observations et de ses idées sur la religion, la philosophie, la politique et la société.

De toutes les épîtres, celles adressées à MM. Paul Blier et David sont les seules qui méritent de fixer un instant l'attention. Les autres ne sont que de simples remercîments, de paternels conseils à ces prêtresses de la muse, à ces « *Chastes berceuses* » sans cesse occupées à renouveler les parfums enivrants de la louange autour de l'illustre glaneur.

M. Travers, moins docile aux conseils de la discrétion que dominé par les appétits d'une vanité insatiable, a recueilli complaisamment toutes ces féminines câlineries. C'est là un calcul des plus maladroits, car ces pièces étrangères mises en regard des productions qui portent sa signature n'en font que mieux ressortir la profonde indigence. Je suis donc parfaitement d'accord avec l'auteur des *Gerbes glanées*, lorsqu'il nous dit dans sa préface : « Encore un volume dont la meilleure partie n'est pas de moi. » Ce n'est pas à dire pourtant que les travaux poëtiques de ces dames puissent nous dédommager des merveilles d'inceptie entassées comme à plaisir par M. Travers dans un volume de 130 pages ; assurément, elles eussent montré plus de bon sens et de sagesse en bornant leurs soucis au cercle intime et charmant de la famille, qu'en se jetant ainsi à l'aventure à travers ces régions brûlantes où se disputent les palmes de la gloire. Aussi, comme elles n'avaient pas mesuré leurs forces, le vertige les a saisies. Phébus s'est montré sourd à leurs cris, Pégase les a désarçonnées et aujourd'hui, réduites au rôle de gardes-malades, elles pansent les blessures littéraires de M. Travers, qui, en retour, les appelle ses « *Chastes berceuses* » et les compare à Sapho dans des vers de toute mesure.

Je saute quelques pages encore tout humides de ces effusions touchantes et je retrouve

M. Travers sous un aspect tout différent. Il s'est dérobé pour un instant à cette tiède atmosphère des amitiés de femmes et le voilà rompant des lances contre M. Blier en l'honneur de celui qui, chez nous, a mérité le nom de législateur du Parnasse..... M. Blier ayant confessé ingénument combien les règles étroites, les préceptes d'école et les aphorismes des rhéteurs chagrinaient sa nature indépendante et comme au contraire il était heureux de confier sa pensée au rhythme poëtique, sans autre loi que sa libre fantaisie et sans se soucier autrement de Boileau ni d'Horace, cet aveu aussi peu révérencieux pour le protégé de Mécène que pour le sévère ami de Racine a rappelé à M. Travers que sa qualité d'éditeur de Boileau l'obligeait à répondre. Il a trouvé à l'appui de sa thèse quelques idées heureuses. Cependant, la justesse de ses raisons ne peut faire oublier l'indécision et la pauvreté du langage qui leur sert d'enveloppe. C'est ainsi qu'à propos de ces vers où Boileau reconnaît au génie le privilége de s'affranchir parfois des exigences de la règle, M. Travers dira que ce n'était pas là :

« Tracer un *cercle injurieux* »

Pour quelques bons vers de son antagoniste, les transports de son admiration se traduisent en un langage dont l'excès touche réellement à l'ironie :

« Vous soumettez au joug les coursiers de l'aurore.
. . . .
« L'éther vous reçoit dans ses routes profondes,
Vous sondez ses hauteurs d'un regard surhumain
Et d'un sublime essor vous planez sur les mondes.
L'idéal vous ravit de sommets en sommets ;
Vous interdit *l'erreur* et vous dérobe aux *vices.* »

Ce dernier vers nous rejette dans cette indécision de langage que je signalais plus haut. M. Travers parle-t-il en moraliste ou en littérateur ? Voilà une question bien grosse de controverses et devant laquelle, sans doute, pâlira dans l'avenir plus d'un savant commentateur.

Puis, revenant à Boileau, il nous dira que :

« Si du bon sens il tient son *sévère flambeau*,
Il tient de l'idéal ses *brillantes palettes.*»

Sévère flambeau ! Voilà certes deux expressions qui hurlent effroyablemnnt de se voir accouplées. Cependant, il est si triste de se faire éplucheur de mots et de virgules que je mettrai volontiers cette hardie métaphore sur le compte du délire poëtique, sans plus insister auprès de M. Travers pour savoir quels flambeaux il appelle *sévères*, contrairement à ceux qui ont l'avantage d'exciter son hilarité. Mais, présenter

Boileau comme un poëte aux *brillantes palettes*, c'est là une idée si démesurément fausse, qu'elle semble, de la part de M. Travers, un défi jeté à la patience de ses lecteurs La raison souveraine, un goût judicieux, la correction scrupuleuse du langage, ce rhythme plein et sonore qu'il sut donner au vers, telles sont les qualités éminentes qui valent si justement à Boileau une place d'élite dans ce groupe de génies supérieurs qui composent ce que l'on est convenu d'appeler la littérature classique. Or, ces qualités, quelle que soit leur importance, n'excluent pas si l'on veut, mais n'impliquent nullement le mérite de la couleur qui au contraire est la conséquence de certains dons forts peu apparents chez Boileau, je veux dire l'imagination, la sensibilité, et ce sentiment vif et profond des beautés de la nature toujours si abondamment et si gracieusement exprimé dans la poësie du seizième siècle et auquel cette poësie dut, pour ainsi dire, sa fleur et son parfum. Plus tard, aux jours les plus éclatants du Roi-Soleil, au milieu des merveilles solennellement ennuyeuses des jardins de Versailles, on vit Lafontaine et Fénélon chérir et continuer l'aimable et naïve tradition de l'âge précédent. Cet amour des beautés champêtres qui, chez ces deux hommes, semble un avant-goût de Bernardin de Saint-Pierre et de Rousseau,

Boileau ne le connut jamais. De plus, tandis que Lafontaine puisait si largement à cette copieuse veine du seizième siècle, Boileau s'en tint à la langue de son temps et rejeta avec dédain tous les vocables qui n'avaient pas reçu l'approbation des grammairiens de son époque. Comment donc s'il eût eu quelque instinct de la couleur, n'eût-il pas senti tout ce qu'il y avait de vif, de pittoresque, d'expressif, et disons le, de savoureux dans cette belle et riche langue des Rabelais, des Regnier, des Montaigne, si impitoyablement blutée et vannée par l'austère Malherbe? Tout cela prouve clairement, il me semble, que Boileau ne fut jamais un coloriste, et que M. Travers, en lui attribuant cette qualité, et en le présentant comme une sorte de précurseur du peintre des *Orientales*, a commis une impardonnable bévue.

L'épître à M. David renferme des beautés qui font oublier bien des fautes. Au début, l'auteur songe aux années qui s'accumulent sur sa tête, et il exhale ces tristes pensées en accents d'une vérité pénétrante :

« La douce illusion qui flatte la jeunesse
S'enfuit comme les ans ; avec le long espoir
L'ombre vient et s'étend quand arrive le soir.
Devant la sombre nuit vainement je recule,
Je suis enveloppé du dernier crépuscule
Et mes pas ralentis sont voisins du tombeau. »

Mais l'espoir de passer tout un mois au bord de la mer avec son ami dissipe sa tristesse et il s'abandonne par avance à ces vives impressions qui agitent l'âme en présence

« De cette mer si belle
Roulant sous nos regards ses flots majestueux,
Dans l'horizon lointain fondant l'onde et les cieux. »

Alors, devant ce spectacle grandiose, le sceptique lui-même s'élève instinctivement à la source de toute beauté et les lèvres habituées au blasphème ne s'ouvrent plus que pour l'adoration ; car dans ce moment d'enthousiasme :

« Nous voyons en rapport le monde, l'âme et Dieu,
Dieu nous illuminant, Dieu pénétrant le monde,
L'inondant, l'animant de sa chaleur féconde. »

Et pourtant, même ici, je ne puis applaudir sans restriction ; car, le mauvais génie de M. Travers reprenant bien vite le dessus lui a soufflé je ne sais quelle irréligieuse plaisanterie qui semble terminer par une pantalonnade cette pièce si noblement commencée.

J'hésite d'autant moins à condamner ce détail, que la bouffonnerie semble un objet de prédilection avouée chez M. Travers. C'est ainsi que sous le nom d'historiettes il a rimé douze pasquinades telles qu'il s'en débite après boire et qui semblent un écho de ces *farces et subtilités tabariniques* dont s'égayèrent autrefois les badauds du Pont-Neuf. L'esprit, le trait qui font le succès des gaillardises n'ont même rien à voir dans ces gaudrioles. J'en épargnerai donc au lecteur la fastidieuse analyse. Je ne pourrais même du tout parler de la dernière historiette attendu que, si M. Travers s'autorise des priviléges de la muse pour versifier des indécences, la simple prose ne peut nullement le suivre sur ce terrain. Il semble même que M. Travers ait envisagé d'un œil tout paternel les ébats de sa muse dans le domaine de la facétie. Dans le préambule qui précède cette partie de son œuvre, il tient à nous initier à toutes les particularités de son humeur et de ses goûts :

> « Indifférent sur la *denrée*,
> Je dîne volontiers aussi gai qu'un pinson
> Ou *d'un œuf à la coque*, ou *d'un plat de purée.* »

Assurément il est impossible de pousser plus loin l'élégance exquise et la grâce des détails et pourtant, dussent les admirateurs de M. Travers me traiter de barbare et de profane, je lui avouerai en toute franchise que jamais jusqu'ici je ne m'étais inquiété de ses préférences culinaires.

Ma tâche serait incomplète, si, avant de fermer le livre de M. Travers, je ne disais un mot de l'*Art d'écouter*, pièce lue dans une séance de l'Académie impériale de Caen. Ici, nous sommes en présence d'un de ces chefs-d'œuvre qui confondent la critique et frappent la louange d'impuissance.

« Racine n'est qu'un drôle auprès d'un tel morceau. »

Tenter l'analyse de pareilles sublimités deviendrait une profanation. Je me borne donc à transcrire les paroles même de M. Travers :

« Tel professeur descendu de sa chaire,
Pensant à nous sous son toit solitaire,
Modestement *élabore un morceau*.
Par cette pièce, *œuvre de son cerveau*,
Que prétend-il ? Il désire nous plaire :
Sur le silence il a droit de compter.

Ailleurs, il montre que les bavards eux-mêmes ont droit à quelque attention :

« Que si parfois un conteur ingénu
Dont le bon sens, le sens commun *n'émonde*
En aucun cas la prolixe faconde,
Sans nul égard de son *jet continu*
Bat nos tympans se flattant de nous plaire,
Sans doute à nous, permis de l'éviter ;
Si l'on ne peut, que reste-t-il à faire ?
Laisser passer le torrent et nous taire. »

Ah ! M. Travers,

« Laissez-nous, de grâce respirer ;
Donnez-nous, s'il vous plaît, le loisir d'admirer. »

Le bon sens, le sens commun qui ne peut émonder la prolixe faconde d'un conteur ingénu: Quel atticisme ! Quelle souplesse de pensée ! Quelle limpidité de langage !

Pends-toi, Trissotin ! Tes sonnets sont dépassés.

J'avoue pourtant que *prolixe faconde* me semble un pléonasme assez fâcheux, mais quelle peccadille ! Si l'on songe à tout ce qu'il y a de merveilleusement original et d'imprévu dans cette figure qui transforme le bon sens en émondeur de sots discours. Et comment résister à ce *jet continu qui bat nos tympans* ? Sans doute, *l'œuf à la coque* et *le plat de purée* constituaient d'inappréciables merveilles ; mais ce *jet continu* me semble un de ces éclairs d'imagination qui vous plongent dans une muette extase et qui vous éblouissent au point d'effacer à vos yeux les plus splendides évocations du génie.

Causons sérieusement : J'ai beau feuilleter le livre de M. Travers, il ne me semble plus qu'il ait rien à nous apprendre sur la valeur poëtique de son auteur. Il est donc parfaitement inutile de multiplier des citations et des exemples qui, sans modifier en rien la nature de mes conclusions, n'auraient d'autre résultat que d'imposer au lecteur une prolongation de fatigue et d'ennui.

Je n'aurai pas la puérilité de relever certains

détails de style qui, après les ébahissements où nous a jetés la poésie de M. Travers, sembleraient de pures misères. Que l'auteur des *Gerbes glanées* prodigue les chevilles ; qu'il confonde à tout propos la rime avec l'assonance comme dans *sûr* et *azur*, *ornement* et *musulman* ; qu'il retourne en tous sens l'oripeau de la périphrase, et que le canon soit resté dans ses vers le *coupable tonnerre*, le *bronze fatal*, la *bouche homicide qui vomit le trépas*, ce sont là pour lui des fautes tellement vénielles que je n'aurai pas la mauvaise grâce d'y insister plus longtemps.

J'ai prononcé, à propos des *Gerbes glanées*, le mot de médiocrité. Des citations nombreuses ont prouvé que cette expression n'était que parfaitement réservée. Peut-être les personnes qui s'arrêtent à la surface sans regarder au fond des choses, uniquement préoccupées dans ce débat de la longue expérience de M. Travers, de sa position élevée dans l'Université, verront-elles dans cette critique un acte de présomption audacieuse, un oubli coupable de ces égards, de ces ménagements qu'on doit à un adversaire, dans le cas toutefois où cet adversaire mérite d'être pris au sérieux. Peut-être condamnera-t-on la sévérité de notre langage envers un homme que son rang élevé devrait garantir contre la raillerie. Cette objection, loin d'amnistier M. Travers retombe sur lui de tout le poids du proverbe si connu : *Noblesse oblige* et dès lors, du moment où il fait assez bon marché de sa haute position pour signer et publier des œuvres telles que les *Gerbes glanées*, il ne doit attendre pour elles que l'accueil du dédain et de la pitié.

Vire, décembre 1867.

www.ingramcontent.com/pod-product-compliance
Ingram Content Group UK Ltd.
Pitfield, Milton Keynes, MK11 3LW, UK
UKHW022148260726
13993UKWH00005B/2240